文学之都
未来诗空

五月的巴别塔

刘枫 著

江苏凤凰文艺出版社
JIANGSU PHOENIX LITERATURE AND ART PUBLISHING

图书在版编目（CIP）数据

五月的巴别塔 / 刘枫著 . -- 南京：江苏凤凰文艺
出版社，2023.1
（文学之都·未来诗空）
ISBN 978-7-5594-7205-2

Ⅰ.①五… Ⅱ.①刘… Ⅲ.①诗集—中国—当代
Ⅳ.①I227

中国版本图书馆CIP数据核字(2022)第183882号

五月的巴别塔

刘　枫　著

出 版 人	张在健
选题策划	于奎潮　陈　武
责任编辑	王娱瑶
特约编辑	王　萱
责任印制	刘　巍
出版发行	江苏凤凰文艺出版社
	南京市中央路165号，邮编：210009
出版社网址	http://www.jswenyi.com
印　　刷	三河市华东印刷有限公司
开　　本	880毫米×1230毫米　1/32
印　　张	8.25
字　　数	160千字
版　　次	2023年1月第1版
印　　次	2023年1月第1次印刷
标准书号	ISBN 978-7-5594-7205-2
定　　价	58.00元

江苏凤凰文艺版图书凡印刷、装订错误，可向出版社调换，联系电话025-83280257

目录 contents

一　花间

- 002　给——
- 003　惊蛰的歌吹
- 004　字
- 005　如　仪
- 007　杯　酒
- 009　花　间
- 010　小东门
- 012　四望亭
- 013　二分无赖
- 014　一树桃

015	写　意
016	梅　花
017	将进酒
018	桃花源记
019	掩重门
020	月　出
021	小　令
022	花　想
023	博　物
024	秋　色
026	落花时节
027	医　嘱
028	无　归
029	那一天
030	Scarborough Fair
031	飘
032	蜡　梅
033	站　台
035	三　次
036	灯笼果
038	花月夜
039	反　季
040	探　春

041	月色浇沃
043	七　月
044	惊　蛰
046	花的季
048	四月，落花天

二　眉间

050	马里昂巴德
051	山
052	第三城
053	角　膜
054	飞
055	空
056	白　露
057	狂云集
058	点　阅
059	索菲亚·安德烈耶夫娜
060	月，另侧
061	牛　虻
062	浪
063	山河岁月
064	蟹行猫步

066	天意明灭
067	观 火
069	握 手
070	之 间
071	而 后
072	春醪下
073	饮
074	向 晚
075	如 棋
076	节气说
077	游 离
078	七 月
080	手 卷
082	马 贼
083	沙 发
084	转角处的酒吧
085	隔 空
086	秋 臆
087	半拍之遥
088	剧 本
090	肺 鱼
091	小满年华
093	夜越来越长

094	青苹果
096	于 途

三 天地间

100	异乡人
101	既 望
103	羊
104	马嚼夜草
105	眼 睛
106	哲热普寺
108	在圣城
109	冈底斯的诱惑
110	在塔克拉玛干……
111	在塔尔钦
112	巴噶的云
113	"扎西德勒"
114	西去的乌鸦
115	朝觐在异乡
116	过苏通大桥
117	在囊廓
118	林廓的诗人
119	顿苏色康

121	措勤以北
122	问　山
123	大昭寺广场的狗
124	寿县记
125	流星雨记
126	棋　布
127	黄鹤楼
129	石头滚过……

四　瓮间

132	马·灯
134	不　防
135	复　照
136	骊　歌
138	尾　翎
139	镜
140	蚕
141	柔光镜外
142	少　侠
144	Crash Land
145	矮
146	匹　马

147	半　秋
148	夜　盲
150	白鲦子
151	立场记
152	大雪时节
153	南山陲
154	祭日靡费
156	捋须者言
157	提灯打马
158	步　步
159	于是我闻
160	丘　壑
161	枯山水
162	布　景
164	海　量
165	同　道
167	羞　愧
168	不　出
170	上弦月
171	马远说……
172	老友记
173	疼痛稀缺
174	降　解

176	Lord Byron
178	观山图
180	牙　慧
182	华　年

五　履屐间

184	临　岐
186	月光下的母狗
188	风铃·佩塔奇
190	鱼肚白
191	醉意的黄昏
192	指　纹
194	面　北
195	耳　朵
196	彼得三次不认主
198	血　田
199	索多玛
200	8月7日，立秋
201	0.4平方公里
202	嵌套结构
203	春夏之交
204	鸟

205	维纳斯
207	远　方
209	七月物语
210	失火的夏天
212	年
213	汉娜·阿伦特的雪花
215	我和你
216	蓝与硫黄
217	去到孤独的地方……
219	蜣螂的月亮
221	《法哲学原理》的位置信息
223	凶年之春
224	狩猎地图
225	诸世纪
226	叫
228	酒局牌局
230	五月，巴别塔
232	天上人间
234	白　露
236	蜜
238	簧　片
240	钢琴诗人
241	跨　越

243 | 四月,四月
245 | 白夜,于是白夜……
247 | 背锦囊,骑巨驴

一　花间

给——

当我历尽人间世,你已经为春雨
找到秋的坐席,你代花瓣承接的露水
也有我,作为偏旁部首坚持的韵脚
你唇齿之间的标点,也曾安放我
心跳之间的休止符,晚风薄凉
而——苏醒的渴望,让眼睛与眼睛
手指与手指,一一指认,并且彼此
重新命名和结识,以花儿的名,蛱蝶的名
没有什么比纸还薄,但这点画必然真实
就像玫瑰必须以玫瑰的方式呈现,以
火焰的方式打开,以闪电的方式
通过神经末梢所有的站点,所有这些

都是我要说给你的情话,醇香馥郁
以春之酒,斟满花之盏

2016/04/06

惊蛰的歌吹

披一袭春雪，你的手臂和颞部
隐现淡蓝的静脉，像严冰的裂隙，也似
幽暗的秘径，从落叶深处浮现
你的掌纹酷肖我，手心里私藏的地图
凭一杯苦艾，我们就能找到玫瑰
你眉宇间的雪，掩住这世间的萧艾
像琥珀里的萤火，冉冉落回原乡的灯
我想揽住在水之湄的晓月，叫一声你的名
可我在这明镜中看见烟水苍茫，看见了
碎落的冰河和冬天的尾迹，看见我
安妥的脚印和古堡上的新绿，看见一个病
以美的方式，次第陨落，灯花无声

亲爱的人，请相拥以越过界河的臂膀
以聚变或湮灭的心，投界饕餮

2016/03/05

字

一个句子隐身粉壁
屋漏痕几番荣枯
流连唯有昨夜的蝶
一个偏旁部首
噙住掉队的韵母

城砖深处流水说话
韵脚徘徊墙角
那个字将主动自首
皈依散落的残本

一朵花劈面而来一段香
撞碎在迎薰门

2017/01/11

如 仪

晴朗时分,手铺满桌面
呼吸是多么宽广
携粉足连缀了花香的秘径

断机杼难断腾挪争让
一滴松烟趁隙濡染
道具小桥边上
道具花儿盛开如仪
一场真正的雪
已经打好了绑腿

只有蜜蜂
按时放下起落架
在你们读取花间的间隙
定位时间的玫瑰

用仅剩的 D 弦
校准了迫降的跑道

2017/01/18

杯 酒

被雪路过之时
已经买不下半醉
小站也不叫长干里
竹子已经开花

预支的格式化
掩去了草蛇灰线
你是雪里的白
再无从自外

我们为了哭泣
动用了全世界的物种
为装备一个醉
抵押了整个春天

所有的酒局
都要被雪下一遍

还要被过往的脚
密密踩上一遍

一枚松发的地雷
让我踏而不发
直到落叶掩盖脚踝
岁月偷走了撞针
冬虫变成夏草

我仍有云裳一领
属于天边的驿站长
仍有泪水的化石
寄存者远走他乡

这场雪比我稍老
甚至也比我稍高
踮起脚尖，够它不着
就让它空杯待月
而我将磨刀、煮酒
静待落花满肩

2017/02/01

花　间

寻见一朵花
毒枭遗下的一朵花
花里有座山，山里有座庙
异乡的人，误认了家

睫毛的拉链，合上花瓣
你在灯下剪鞋样，却被花蕊
蜇伤食指，而食指
蜇伤了无名指

2017/02/22

小东门

谯楼下
酒旗杏黄
闻说那灯船
谢女檀郎
直出龙头关

多子巷里
袖了经纶手
单热了那锦绣肠
居晓峰洗了脚
蹙进春雨
坠马鬓鸦，纷纷
压低了声音——

林姑，你跑到哪里

听雨,看云,还偷偷
开了一树花?

2017/03/02

四望亭

初花的城市,凋敝的故城
去秋的古渡,今春的你
飞蚊症织造恒温的网
昨夜酸雨,犹以杏花命名

此去经年,蚂蚁不上树,不上梅花
石塔和街亭,扎营九针十二原
打谱的人,打遍穴位,每一次的进入
依旧很疼,画皮的疼,落齿的疼

唯有大宋的头皮屑,香雪荼蘼

2017/03/13

二分无赖

月亮和梅花,我其实还可以
要得更多一点吗,比如坐在高仿的
宋城之上,不远不近地看你——

这是布洛告诉我的
和月亮无关,和梅花无关
甚至和你也无关

2017/03/21

一树桃

凯风徐来，桃之夭夭，恁次第
合宜洗耳沐浴，听一场空山鸟语
不需要万壑松风，也不必百鸟朝凤
仿佛一个浩大的道场，将虫豸人寰一应超度

春来鸟能言，须静默的是我
我当放下歌声，也搁下了耳语
本没有什么惊蛰，所有的等待都在赶路

所有的爱情都自食其花，而
所有的桃花都自带花锄

——带电的花蕊，谁的触须？

2017/03/29

写 意

十日一水，五日一石，桃花突然
就风生水起来了个泼彩，令蝴蝶收不住乱步
花朵的美好，就是安顿得恰好，既不望风披靡
也不逆势而取，在不讲究笔法中，做一个自在无邪
你看它顺坡上山，占据蹄铁的边界而又
在茅店残月下守候几行霜迹和三五声荒鸡
皴擦点染，争让间，并无裙带关系

2017/03/31

梅 花

焚香,洗手,这都是毛病
其实花无病,雪也没有
花倚在门边看风景
一会儿,蹄子就白了

叫月,穿云,横江
无妨梅开二度
打钟的人下山饮酒
蜂农拆了窝棚

待晚潮没过围堰
用梅核精雕乌篷船
提灯,载酒,叫一声
墨梅,落花满河

2017/05/17

将进酒

早半步,酒先残一拍
半朵花打点了年华
硝烟在鼻烟壶里
挽一个如意扣

两条鱼说死了因果
一群虾,在氧气泵近旁
为水温而折冲樽俎,五月
世界因杨花而轻

醉制,作为技艺,遂令
大河两岸春光如海

2017/05/26

桃花源记

挽回一朵花,难于
兴灭国继绝世
花儿的蜗角触蛮
大有乾坤在焉
所谓天涯,不过槛外
而鲈鱼和陌上花
只因上帝说,要有鱼
还要有花和酒
而刘子骥的伟大
则在于一根筋

2017/06/08

掩重门

桃花先瘫痪的,然后才是风
是黄历先瘫痪的,然后才是花瓣
果实窃取了全城的香
蜜蜂无法狙击,蜂蜜也无法藏匿
然后才是歌,哭,以及窄门

2017/06/05

月 出

山鸟不惊,花照样
依依落下
揭一张月光,披到
顽石的肩头

养蜂人夜夜磨刀
今年的花期
又一次踩不上鼓点

洗耳朵的人
嚼着香口胶
我说,是时候了
你说还不是

2017/06/27

小 令

用一条假肢,蹚过酒杯彼岸的朝代,那一刻
荼蘼已然半谢,再一步
琼花刚刚吐蕊,皇帝回归顽童,豆蔻花刚成穗,投壶是有的
桃花江上,所有的雏儿,都没中鹄

2017/09/18

花　想

落花涂鸦了月光
夜风重新连缀
所有野火被夜色催眠
所有的花园退役

烟雾弯下巨影
搁下一盏半暗的灯
添些柴火，续点水
赶一赶过节的飞蛾

夜阑独掩门，不意间将
半截身影夹在了门外

2017/09/20

博　物

宛如寇雠的女子，是满墙的蝴蝶标本
不依不饶地逆风而行，令钢筋水泥为之婀娜

经天纬地的事物，都难免衔恨而去
譬如白云苍狗，譬如西淌之河，譬如自蹈沧浪
苦雨楼头，春花偏爱横死之态
不怀恨不足谢红尘，不怀利刃，不跃下城头

2017/10/20

秋 色

花青素无意等候朔风,漫山红遍
并不胜于叶绿素旺盛的日月
比北风晚一步,比季节矮半尺
这都是可以的,也不妨说声谢谢

孤独不一定需要美,就像杯酒
从来不为释兵权而酿成,我所看过的
石是石,水是水,你们的五日如何
十日如何,都是纸上的事情

风大的地方,我站立很久
你还是踩准了物候,其实我何尝不是
我也有花青素,虽然久不出手
山麓有块干净的顽石,正好坐而论道

我愿意提前落下来,或者拿出夏天的蒲团
心思透如蝉翼,等某一片槭树叶冉冉而下

2017/11/01

落花时节

要打捞一整个雨季
萌芽到凋零,盛夏时分
在浓荫里剪指甲,不言,不语

要毁灭所有证据,我的,你的
避开花粉如雪的时刻
把帽檐拉低

还要平视所有的花朵
平视花瓣上的蚂蚁、蚜虫和雀斑
就像所有瑕疵,都是亲手铸成

2017/11/07

医　嘱

香水百合不合适
这是医生说的
作为一项医嘱
探病的人也须执行
此时门铃响起
趁着你垂下了睫毛
我把墙上的花影
也悄悄擦了

2017/11/08

无 归

阳光的帽子太大了
头颅还是溢到了帽檐外面
一半丁香在燃烧,另一半依旧
被沉睡的雨水桎梏
一首诗在满地落花中寻找耳朵
一朵花,错估了春天的听力

在我酩酊醉去的时分,脚干了些什么?
一只沾满泥泞,一只带着花籽

2017/11/14

那一天

小雪节气,梅花山梅花还早
而栖霞红叶已老,听朔地长风南渡
今夕何夕,当是半江瑟瑟半江红
生死契阔,欢肠尚欠言说
你温热的手心,焐着一个日子
那一日碧云天,黄花地,北雁南飞
第一滴泪珠,吴雪似盐
而某首下世纪的诗,也探头张望

2017/11/26

Scarborough Fair

马台街没有梅花,只有
梅花糕开了许多年
挨个地名看过去,就像
拿一支马尾松,扫去天涯屐痕
天涯只不过电梯间那么大
没什么沙滩,也没有
芫荽、鼠尾草、迷迭香和百里香
只有一台锈迹斑斑的收割机
在暮雨中,叮叮当当如同
点射,节拍器有点乱

2017/12/01

飘

在月光里抽丝剥茧
手指的琴键枕木一样流远
谁醉花阴，鞭名马，谁秘制解药

马鞭草在世人的想象中隐姓埋名
在家乡的自留地浪迹天涯
只有夜光蝶，顺走马蹄余香

涉江的人，不在西子湖
此美人，也非彼美人
夜来香散布的林林总总
都是风说过的话
压根就不是我的旗语

2017/12/05

蜡　梅

不急开，不急谢幕
过路人悚然一惊
节候就踩错了步点

这谁的念珠，香汗一似

裁取小径一截
不数九，不卜命数
暗香低回，迹近刺客

风，被迫俯下了身

2018/01/15

站 台

说话间,你的脸
没入烟雾,站台看车窗
一条锋利的光带
把初识的地名迅疾勾销

临走前你交代说
无聊,就看看广玉兰
看它如荷包,酒碗
如舌,如膜瓣,包含,绽放
再被雨打落

你的脸一明一暗
像走马灯,也像倒带
那么多的噪点
点横撇捺和五角星
在风雪中飘摇

你突然说起你

腰封上的那个春天

穿着一件海魂衫

2018/06/15

三 次

一朵花,要分三次凋谢
凋了花瓣,谢了芳香,消音了名字

第三次,要借宿在词典中
不再有春泥、雨水和指尖的涡旋
没有松果落地的声音

睫毛上的花粉被荧屏回收
声母和韵母,各据一隅

一个花期,要分三次凋谢
先是凋了花瓣,花香和花名,然后
凋谢了凋谢。凋吧,谢了。

2019/08/18

灯笼果

灯笼果上市了
秋风留不住的姑娘,今秋
驯化周期缩短了

果肉和浆水投靠疗效
批量生产着回头客
北方的天空下,姑娘们
我那份喜欢也老了

灯笼果被捻亮时
季节不再黏稠
我的欢喜带着牙套
味蕾跟不上倒刺

白昼的灯笼
瞭望那烧荒的人

趁着绿意阑珊,我要

兀自提前下场雪

2019/10/15

花月夜

因为风,一片朗月醒了酒
沐风的人,跪乳,哭泣,渡河

明月,虫豸,都是肉身和乡土
千江有水,千江月明,月色须是低头看

三岔口,码头,切口,都是乡党
响马,村姑,谁不是粗陶的样

陶笛的指缝,漏下洗漱的烈酒
风雨归舟,秋江待渡,人生逸笔草草

桃花无赖,无罪的人,睡不着

2020/03/14

反　季

爱不爱所有的季节，它们也轮回
相遇蜇伤遗忘，再一次激活了抗体
忘记一个夏，足以抵消一个秋
八月肥沃的日光，已经不敷冬藏

今天的微光薄脆，令赤脚踩碎春冰
满月滚下屋脊，遍洒散金碎银
初春的平原瘦小，担不起一场雨
隐居的雪人，抄袭了谁的蜡烛

打伞的青衣，追不上私奔的花旦
马蹄已远，旋转马车不再轮回
鲜切花在大棚里，检索反季节花语
谁告诉我，今年是樱花的本命年

2020/03/23

探 春

金城汤池，本就是一场沦陷
城头看那逐鹿人，久已经
沉溺于投壶，斗酒
最美战役，当是互败一阵
溯洄从之，梅花犹暂寄枝头
好一片雪原，尚无镇纸

急性子的人，从凤仙花地归来
后背插满了红指甲

2020/04/08

月色浇沃

当月亮承揽你，月光浇沃我
月球已经不再是月球，怎么办
牛在月光下反刍
穿过牛鼻子的铁环
亮晶晶，是草原不干的泪水
失去月球的我，只能抄袭二手的明月

这草场是诗歌的舌苔
每一根倒刺，都挑着酒浆
但我的从月球来
不认识酒海，虹湾，风暴洋和广寒宫

（花嫁与春风的时候
李长吉先生也还没有出生）

你说：要等到东风解冻
蛰虫始振，鱼陟负冰

那一天，超级月亮淹没过鸟巢
所有鸟儿敛了羽翅
你将用密咒
依次打开迎春，樱桃，望春

而在此之前，我会把锈钥匙放在脚垫下
踏着月光离开

2020/06/03

七 月

没有白茉莉，没有红罂粟，没有菰蒲
七月，耳朵上起飞的，必于皮肉上落实

风掀开玫瑰，像掀开海，掀开蚌肉
没有珍珠，没有泪珠
一滴白色的血，给血红蛋白换防

红脚苦恶鸟、红脚鹬、红尾伯劳、红尾水鸲
红嘴巨鸥、红嘴蓝鹊、红喉歌鸲、红喉姬鹟

伯翳说，这是腾笼换鸟的时候
人从秦国来，调训鸟兽，鸟兽多驯服

七月流火，七月鸣鵙，七月食瓜，七月在野
七月蟋蟀入我床下，七月肃霜，七月涤场

2020/07/01

惊 蛰

作为虫子,却从不冬眠
不结茧,也不化蝶
四季飒飒的雨声
不舍昼夜,一直嚼着桑叶

那些下雨的日子,全都隐匿于章回
只有蠹鱼往来游走
积攒下的惊蛰,都归于那些
起,承,转,合

以及,缺损页,缺

损的关键字留下的案底
所有的钩沉索引
都沿着暗设的信号源——

紫荆、棣棠、锦带、连翘、金雀、石斛

风信子、虞美人、美女樱、仙客来

蠹鱼吃透了眉批，马尾松
故意遗漏的一行脚印
退着，退着
遁入密林深处

其实，管它打雷，不打雷
简单惊一下就好了

2021/03/04

花的季

去回归线吧,桃始华,黄鹂鸣,鹰化为鸠,天宁寺也老了
没有白桦林,没有琉璃瓦,也没有九纵九横门钉
没有腰牌,没有虎符,所有的钥匙,都埋在夹竹桃下

去那遥远的地方,黏稠的阳光溢出杯沿,淹没了苍白的脚踝
去那解开发辫的地方,那胸脯像黄金,眼睛像穴位的地方
雨在山顶,马在海岸,桃花落脚的地方,招降纳叛的地方
满船的花枝,测定了春天的吃水线,让预警线淹没额纹

天上的花园,流淌的大地,荒岛裂隙间注满酒浆
盛满花香的石头,滚下山岗的扶梯消隐没于睫毛的彩虹
天上的鹰隼,勾勒面包和盐,用红酒改写了卜辞
鹦鹉螺在耳边,完成了"联盟号""阿波罗号"的对接
越过红潮,越过黑潮,鼓膜里的孤帆露出桅尖

去回归线吧,花粉压弯世界的触须,绿皮车从露珠深处驶来
是时候了,命名还没有开始,玫瑰还不是玫瑰,是时候了

2021/03/11

四月，落花天

西陵下，风吹雨，翡冷翠没有
蜡烛，烟花也不堪剪

开发区的狐精，找不到古戏台
提溜着一段哭声
错过了返程的末班车

君家何处住，妾住在横塘
一段乌云化作白雪，盖住一行梅花
没有天涯，没有长干里
两页杂曲歌辞，夹痛了脚印

四月，多雨，多花，多鬼
雨里花里，穷书生把美人儿，——
捉进了《聊斋志异》

2021/04/11

二 眉间

马里昂巴德

鱼钩一样的折光
让我游向夕阳的对立面
一条甬道的皱褶里
密码本淅淅沥沥
淋湿了去年的雨水

线装电子书告诉我
叶子都将找回枝头
而长椅说,故乡在造纸厂
电话铃在你我之间响起
话筒与话筒之间
月光的粉末遮盖了渡船
这时,你的手按住了我
刚拆除的门铃

2011/08/10

山

你烧烤的时候,我顺便烤手
人与火,进退裕如
星星的拱门,一只脚浸入圣湖
我比寻常更迟钝,并且睡意如潮
假寐中,花托截留了果糖

地图被风翻开扉页,年月烟云漫漶
这一夜我将独自下山
溯溪,采果,避开陷阱
一片暗暗的蓝,缓缓落下山梁
芳香唤醒了身后的脚印
这其实我是知道的——
山岚,越来越沉了

2016/11/11

第三城

终于走出了另一条巷子
比民国稍微近一点
离唐诗稍近半步,离黄昏
比猜谜更近,所有的铺垫展开
都取自传说中的宋朝
电影院的水阀淹没了路灯,那天
你带着亚马孙鹦鹉,金句娴熟
手机和房门距离半杯茶
第三城,收割了两枚月亮

买糕的突然说,所谓的金星凌月
其实是八竿子打不着的事

2017/03/29

角　膜

你读的书，他不会再看
好的故事随风，沓飒而去
风不吹他，月不照他，你的风月
不属于烟囱，也不属于来者
从扉页往前翻，雨水退回天空
你在桃花下，酣然做梦
梦见你的镜头，在别人的取景框里
风月无边，从零开始

2017/04/05

飞

那个黄昏,把花儿卸下
绿皮车死在了公园
有人在车厢读油壁车
有人点着了油纸伞
青石板远渡重洋
跫音在柴油机的间隙
淅沥落下,没有间隙留给你
一个错觉盘桓,再找不到跑道
你说你在指挥塔台摆酒
虚位以待,不见不散

看着油量表,我无话可说

2017/04/24

空

因为有香,感觉暗存冰裂纹,感觉
云卷起,又瘫痪下来,增加了河流的黏稠
因为太浅,走得太急,湿到了胸前

于是思想起,于是忘

在一朵时间里面,看一看果蝇
那触须,那复眼,都有活色生香的呈堂证供
急切回转来,心情半握,就像是睫毛
烤火时凑得太近

2017/05/04

白　露

大盘一路阴跌，谣言盗走故纸，塑料花越发年轻
黄花渐胖，歹戏拖棚，心比瘦马瘦

脚踏实地经年，践约于挨刀的土地，直至春秋易手
四海零落的爱人啊，白露之前，统统暗度陈仓吧

2017/05/11

狂云集

天下所有的水,恐龙都喝过,恐龙都尿过
再不必说心似狂云,遍地虚空
假道人仗剑而行,杀不死一匹瞎驴,没有法喜
也没有"积芦灰以止淫水",那么多表妹,就那么任伊老了
雪上偶留指爪,闲看坐床的坐床,升帐的升帐
名妓谈情,高僧说禅,夏虫不足语冰
只愿所有的鸟儿,都飞来我手上
抢走面包的同时,顺便也,呷一口美酒

2017/05/16

点　阅

那些诗酒风流的好人儿，都不是香草美人，每一个都应该
有个好听的名字，比如霞多丽、歌海娜、琵卡丹和密斯卡岱
再不然就是照胆、青霜、鸦九、裴旻和疥癞宾，当然
也可以唤作宝袭、南风、戛玉、遏云、南薰或者混沌材
在落花流水的季候，须勒马如阿瞒，笑一笑华容道

半酣时，宜如数家珍，恍惚间远近高低，一一都有应声

2017/05/17

索菲亚·安德烈耶夫娜

一万根温热的手指
（都是自己的）
清点冰裂纹的频度
从粗陶到钧瓷，那人
是拉不回粗陶的
一头雄狮变回老马
而我泉水已干
草场退化，花丛之中
一双手，托着一双
睁着眼睛的柠檬
在他翻越护栏的时候
伴作鼾声低回

2017/05/18

月,另侧

想象,在它另一个天空
升红月、蓝月,上演全食、环食
照单全收婵娟、玉蟾及望舒
这与眼下的檐角无关,天际边
角膜初红,我看它悄声漏气
款款没于微波,暗想河滩边上
当有只偏瘫的小雨伞
隐匿于锦灰堆中

2017/05/22

牛　虻

艾捷尔·丽莲·伏尼契,曾经
坐满了一个夏天,臀部起了痱子
在信中,主角这样写道:琼玛
当你穿着方格花布连衣裙
还是个难看的小姑娘时
我就爱上了你,呃……不管我活着
还是死了,我,都是一只快乐的飞虻
而今我已试飞数十年,直到最后
被牛尾巴击落在机场外,这才发现
此地和罗马,确有那么点不同
那儿不仅有牛圈,还有个蒙泰里尼

2017/08/31

浪

核舟中人在读核舟记
顺便也写写诗歌
浪花面前没有玻璃
也就没有爱德华·布洛
醉态一恍惚,击一个掌
却打翻了一只小船,而我
只扶起一只酒杯

2017/09/11

山河岁月

江月如何,春水如何
展开这册页,泼墨泼彩泼命
九曲回肠原也草草挥就

风云际会,成就老司机,毁了好少年
藕花深处专为乱步误入而设
人生第一蹭蹬,乃是伴随独夫老去

不说兴亡,不说沧桑,权等她,蹑手蹑脚
用一只金缕鞋,提走朽烂的江山

2017/09/18

蟹行猫步

右手须渡过脊椎骨
快慢半拍间,左,右
带着弧度包抄膝盖
脚尖脚掌脚跟交叉换位
争让之间法度生焉
敌进,我退,敌退,我追
右搂住左,各左视斜睨
脚掌禅让脚跟,脚跟僭越脚趾
内外有别,左右轮换
半月步衔接擦皮鞋
而三明治须香艳妖冶
腿须紧,脚须空,膝须松
拿得起,放得下,后腿缓缓蓄力
拖延片时,须闪电收脚

敌驻,我扰,敌疲,我打
为什么不呢为什么

2017/09/20

天意明灭

这世上最好的女子,不是诗歌
她们出没在《镜花缘》和《聊斋志异》之间
灯光忽明忽暗,恍惚了衣香鬓影
我指尖上的滑腻,究竟因了哪一杯酒?
散席总是不合程式,毫不婉约
转过脸去,你们酹酒与大地
却还小心护着衣袖,闪避着尘埃
照亮秋雨的尾灯,令常青藤滴下豆蔻
而提前到来的回忆,猛然弯下了腰

这草蛇灰线,真好似,存心于无意
铺垫半生的前戏,精彩得阴险

2017/10/16

观 火

人生惶急,来不及看清你
一首诗画它的眉毛
江南如雨,塞北如烟
所有露珠都噙一颗红豆
冥顽不化的人,来不及逃跑
在定慧寺,在兰花街
打鱼换酒,须先安妥风雨

强盗留下的马,令人失眠
这梦里,浮云也要就医
叫魂的师傅,在天上赶路
对岸的大火里,有你亲爱的人
那么多小脚的花儿,需要你
出没风波,捎一句话

飞蛾也并非枉死，卷土重来的
尚缺一支冒烟的口红

2017/10/25

握 手

告别,相见,总要拉拉手
不管满月升不升,晚潮涨不涨
至于手汗,也忽略不计
我伸出揣裤兜的右手
而你伸出 100 只

2017/11/14

之 间

我走过半个地球的淫雨
你把窗帘掀起一角
我在檐下洗脚,拧干衣服
你正在给龙鱼换水
我辨认洇湿漫漶的字迹
你在某一颗借来的泪珠里
提炼出了半吨蔗糖

2017/11/14

而 后

你从河对岸跨回来
盛装舞步，打着响鼻
又垂下柔顺的鬃毛

鄱阳湖，算不算草原？
这个是我不能问的
一场雨，淹没了车辙
雨水是一种哲学
烟波浩渺，并且富营养

恰逢此刻，马屁股和胸毛
挂满点点滴滴的太阳
我想说的是，亲
你的爱马仕落在对岸了

2018/01/03

春醪下

在半只糟鸡里面,追查
花雕和女儿红的下落
追捕氨基酸和核糖核酸
这线索,只适宜独享

"花儿也开了,柳也成荫了。"
"奈何?手杖也发芽了。"
春风兀自暴打着抢跑的浪子
也殃及了免刑的人

2018/03/21

饮

一个喝茶,一个饮酒
黄昏的余晖,被盥洗室夹住下摆
喝着喝着就喝到对岸
看见草坡的你,兀自落花
对着窗外,你说起谷雨和麦子
而我的布谷鸟在远处聒噪
两只陌生的杯子,嗓音各异
像两只偶遇的飞禽,礼貌了一句
我拒绝了谈论鸟类,五谷的事
根本不需要论及翅膀

打烊后,我也叫了辆车

2018/05/08

向　晚

穿越白露的细腰蜂，寻觅穿越
处暑的半枝莲，折戟的夜鸟
用一个白夜，磨洗出千年旧事并且

用一杯酒的时间，陪一个故事
第二杯，却被邻桌的人端走

2018/05/10

如　棋

几经转换和取舍
观战室说这已是细棋，当局未必迷，细棋，不细
十王走马倒脱靴，雨打枯荷，灯花嗒然

攻擂，守擂，内心戏硝烟四起
进进退退，卖破绽的，斜睨着买家
但因你来我往，为何突然，寻不着你的劫材？

2018/05/17

节气说

春争日,夏争时,饯送花神归位
看你们令桃羞杏让,我不说青梅煮酒的事
雷声尚远,非是亢龙有悔
击鼓降神的人,咀嚼落花的韵脚

江南墨分五色,今年晕染出界
你说,有雨山戴帽,无雨云拦腰
我只吹一吹浮茶,看它们聚散有序
——直立,互无黏连

2018/06/12

游　离

月色是谁家的细软
转眼并做锦灰堆
杀人的事，须焚琴煮鹤
非辣手不得做成

巡城之人，不宜夜观天象
大寰如梦端的好看
花落半床，曲尽人散
就是最柔软的天堂

时不我予，贵人总在敌国
平衡木下的秘籍
遗落几笔偏旁部首
话说莼鲈以季鹰为知己
驴骡为马的附庸
咱花开两朵，只表一枝

2018/06/13

七 月

浮云如马，击一鞭
便是烟水半生

用千里换算马力
尘土点染通关文书
蜗角触蛮的故事
关涉呼风唤雨的茶杯

口红开放在杯口
雨夹雪止步于水银柱
措手不及的醒酒
提前了半个马身

多疑的山峦移步换景
换取一路了断
所谓的征尘酒痕
都不过是拒绝返程

而马如浮云，击一鞭
就抛下了缰绳

2018/07/02

手 卷

结束很早
长途车在城乡接合部
告诉我已到终点
起点不远,还在继续检票

这让我想起
旧地图,五代的高山流水
溪流有所来归,小径有出处
一段段自给自足
全景,可看可不看
卷在手里的人,还在招手
舟中人正缓缓展开

更远处,山里的野兔
独自挖掘掩埋已久的果实

送别的双方各自散了
却被陌生的手,卷到一起

2018/07/31

马　贼

须光背马，出汗血
如此的浪迹才配得上天涯

须逆风逆雨，佛头着粪

须冷酒伤胃，热酒伤心，水寒伤马骨
须抱香，凌寒，闲倚箭垛，看你跃马弯弓
百步穿杨，正中我心

2018/09/10

沙 发

徐志摩说，你这沙发比老帝国还破旧
常玉说，打甚鸟紧！这沙发上坐过200个绝世美人
我的沙发半新不旧，只需要200盏酡红的夕照，200瓣霁色的月亮
200册可以下酒的书，以及200场不头疼的宿醉，然后
再用半杯燃烧过的苦艾，忘掉200个美人

2019/01/10

转角处的酒吧

可以握着古老的啤酒——用新鲜的青稞酿造
牦牛肉来自羌塘,从冈底斯,到念青唐古拉,从狼道,到白刃
所有的坛城,都像啤酒沫一样散去
有人说,玛吉阿米酒吧是假的
山上的王,在酒吧唱着代笔的歌
从理塘回来的人,有乞丐,也有雪山的王
理塘来的狗,也睡在大昭寺,世上的真假何尝不假
玛吉阿米的窗前,初月修她的指甲,突然就觉得手指很假

2019/05/06

隔 空

风很大,马槽上空的星光,被蝗群遮住
今夜,让我爱上那些打捞天空的人

让我爱上那些叛徒,他们滚烫的眼泪
焊接着我的羞耻地图,令忧伤燃起火焰

(零点十分,RMS Titanic 开始施放火箭
货仓的老鼠,厨房的海鲜,即将携手下海)

甲板上拉琴的人,擦拭着琴弦上的水珠
每一滴汗水,都是风里的火苗

今夜风急,马槽空空,歌声铺满道路
那踏过红罂粟的,就是我的爱人

2019/09/05

秋臆

江水应该是瘦了，云也是
骆驼变成羊群，把草窠留给虫豸
你的法令线，护城河般沉静
两只手升旗典礼般得体
旅游鞋会很洁净，晾衣架上
蕾丝和袜子们滴着水
遥控器穿着保护套——
这都出自想象，还比如腰围
比如胸围，比如相术里说的卧蚕
还比如纯色纱巾和打鼾
比如鼾声里触须颤抖的螽斯
以及它光滑老朽的笼子

我们隔山，隔水，千江无月
我们谙熟病历，各吃各的药

2019/09/06

半拍之遥

慢轮辐半拍,阳光收了折扇
慢落叶半拍,并辔而行的西风,收紧
了缰绳,山高半尺,明月慢了天山半拍
慢三月七日半拍,跟不上竹杖芒鞋
慢浪淘沙半拍,长江鲥鱼有了柴油味
相与枕藉慢半拍,江湖缩水成草原
慢陌生人半拍,江月干卿底事
慢了你半拍,绿皮车错过高铁站

今宵,肴核未尽,杯盘半狼藉
慢了半生,无妨先醉一步

2019/09/11

剧 本

滑倒的雨水
把月亮泼在了地上
你的两朵铜铃花
在白马的项下叮当

蓝色翅膀的姑娘
绯色脚指甲的姑娘
河流早已入海
你跟不上浪的变色

你的火焰在天上
被羊皮纸裹住
你的烛泪
冻伤我的手指

当那么一天,我厌倦了
你扮演的青春,你说

"你说过表演要投入
还要有所发挥"

2020/01/30

肺 鱼

雨下在异地,在半空蒸发
作为历史记忆
存档于角马回乡季节。很多年后
当沙漏堆积出大半个撒哈拉
我听见乌云翻了个身

删除五天,你再次显影为
1922年的黑白照片
尽管隔着烟水、汽笛和折戟
隔着那个秋夜吹下的
80吨英国悬铃木的落叶

感觉你更像是历史人物了

2020/02/23

小满年华

浮动的温差里，有一片机翼，一对触须
一丛沙蒿。赤霞珠另侧，沙蚁、独角仙和食鸟蛛
爬过高高的城头，"请系好安全带"
"拉出氧气面罩"，干杯，爬升到平流层
看万水千山，没有花香，也没了荒凉

失踪在大耳窿的人，留下一片糖纸
失眠的脂砚斋和程甲本，都已经烂尾。多年以后
我们放下起落架，熟练调整着襟翼

减速伞映着跑道灯，跑道灯指向拦阻网
拦阻网外，麦子的乳汁淹没了黄淮
旧地图上兵棋推演，我们缩编了"华容道"
演义的秘籍，在醒酒器中氧化。这期间
你插播了冰裂纹、百圾碎、牛毛纹和鳝血纹
"要轻拿轻放，及时清洗"你说

新一版拼图里，你省略的地名和姓名
拎着鞋子，侧身绕过了迷迭香掩映的暗渠

（苦菜秀，靡草死，麦秋至）

2020/05/22

夜越来越长

在他死去的时候
水草已从池塘捞出,金蛇不再狂舞
他说,人见到初爱的人,从不直接趋前
而纪德说,为了大地这点咸味
我死可瞑目

那时候,锁好看,钥匙也好看
它们夜不瞑目
我只不过,当作木鱼敲上一敲
把江山当作唇涡,胸埠,股壑的人
才算得真英雄

如今,夜越来越长,你们都不会再来
我的左手点燃右手
而头顶,雪,越下越大

2020/09/02

青苹果

这个核很古老,足以
作为依凭,抗拒金黄和甘甜,尽管深秋
的酒香溢出了果园

蜜蜂和管风琴的共振
晃动最后的栈桥,这抗拒依然新鲜
一粒泪水,没必要修炼成一颗旧蜂蜜

冬天和春天无缝对接
青苹果折返青苹果,我相信
在时间切香肠的过程中
逃逸的还有两片树叶、一条蛇、一句神谕和一枚中指

风动留给风动,幡动留给幡动
青苹果咬着苦杏仁苷

信使说:邮箱遭遇车祸,倾泻出

二十八公里野苹果沟

一对羽翅

拆解成鸡毛大雪

荷花蕊、寒潭香、秋露白

若下春、石冻春、松醪春、瓮头春

和抛青春

漫灌了所有沟渠

而月出之前,我会坐在满坡的狼毒花下

精选扉页的花笺

2020/10/09

于 途

去远处。访一访，永夜是否安稳
踏进神的风声中，看一看，恒久的河流
你云霞一样的胎衣，是否搁浅

肋骨一样的枕木，点燃野火
狼和萤火，兜兜转转，棋局般周旋
进退，争让。手谈，脚谈

阿底峡，郭仓巴，莲花生
杰玛央宗，森格藏布，朗钦藏布
血液，头发，首饰，身份证
一个脚印，就是一汪错，一菩提

追逐风滚草的人们，在螺号里观海
只因安坐，走得最远的是我
用花瓣占卜的，背熟了星相，一路梅花
是雪原的 GPS，沙漠里的响尾蛇

用水源狩猎，犯险的人
提一笼星光。你犹然秋江待渡
我已过弱水三千

2021/04/25

三　天地间

异乡人

要对琼结的姑娘说,是杂鲁。
要对囊廓的人们说,是古鲁。
喜爱的人,要编九十九根小辫,反穿花氆氇。
你不喜欢确精帽,也不喜欢胡如木、红哈木。
明月下的红山,不如哲古一棵草!
北去的马,东飞的鹤,
理塘和林廓没有你的卓玛。
你要对斑头雁和雪鸡说话:
看啊,我飞回来了!
你要对草狐狸和野羊说话:
我回来了!带着石子和泪珠!
你还要对异乡人说:
掸一掸道上的风尘吧,异乡的人,
请掸一掸前世的月光!

既　望

月亮和月历
有何干系
有人说无非
无缘无分
朔晦既望纯属
偷窥记录
三十八万公里之外
月亮是个球
月历，球也不是

那个八月
我在萨嘎看到了
最好的月亮
面对面，千江澄澈
它的睫毛和泪腺
雀斑和龋齿
万户海以及所有的

标点符号
尽皆髡裸于前
众山不点头
我亦不点

如是甚好，无历法
也无念想

2016/06/27

羊

羊鞭剪裁着白云,混沌折冲几何
上帝的羔羊与草原轻咬耳朵
占卜风雪的人,眯上风泪眼,专心磨刀
美丽的草原,马蔺和白毛风的草原
亚伯拉罕和以撒的草原,今晨

那片云,一低头,走进碎纸机

2017/04/17

马嚼夜草

细叶蓼、珠芽蓼、野青茅

裂叶蒿、野豌豆、野黑麦、异燕麦

小糠草、小叶草、驴蹄草、歪头菜、花苜蓿

麻花头、火绒草、唐松草、山黧豆、马先蒿、金莲花

这些大地的儿女

这些可恨无声的花儿

今夜

要闭上眼睛吃草,闭上眼睛咀嚼

没有眼白,没有齿白

弯曲的脊背,就好像

垭口的天际线

2017/06/30

眼　睛

两只并排的萤火
流曳中，彼此无话

（一头牦牛安静地走过）

一双流萤无话
直到转过脸去，变成
一只，然后吹灯

此时此际
仲巴的星星
像大海的泡沫
一颗颗，相顾无言
而睫毛和泪腺
纤毫毕露

2017/07/31

哲热普寺

停电的九点钟,乱发合上书页
垭口的柠檬充电完成,接着需要
关掉轮机降下帆樯,卷起海图
塞壬不再唱歌,九点钟
外乡人变成一块石头
一块一块叠起,被秒针
轻轻梳理,晚间九点
顽石空明,天地无语,苍鹰孵卵
人世间的幸福,全在无知幸福
就像今夜无风今夜星落如雨
那些漂洗过月亮的溪水
流向东,流向西,流向南,流向北
全在有意无意之间
而现在,需要一段假寐
让月亮等待二十分钟
神山等二十一分钟

让我的梦境行经雪顶

被起夜的浪人签收

2017/08/14

在圣城

跟着圣城的鱼,在空中游荡
跟着圣城的灯盏,被风中的人提走
跟着故事寻找主人,被圣城的阳光熏倒
手捧酥油的人,走在囊廊的殿堂
就像是摸到了时间的衣袂,一股微风
嘴角一缕涟漪,在耳畔迤逦而过
圣城的永夜,只有酥油是真的
没有罗刹女的日子,圣城只是客栈
所有的人都是他乡之客
你是,我是,每一条狗都是

2017/08/17

冈底斯的诱惑

"我喊你一声
你敢答应吗?"

我被吸了进去

2017/10/16

在塔克拉玛干……

在塔克拉玛干，不是每一个人都知道
苍蝇的含水量和甘甜度
不是每一个人，都会对着它痛哭
算掌纹的人是虚伪的，命，属于全世界

包括干旱，包括蚊蝇，也包括芨芨草
失我祁连山，失我胭脂山
有着相同的意义，否则玄奘不必远行，而我
也不必阅读鱼缸外的月亮

2017/10/18

在塔尔钦

晒了一整天,它们要反刍太阳,尿下灼热的黄金
塔尔钦的羊夜游,牛也夜游,它们赋予我偶蹄和犄角
夜里行走的,是风,是水,是石头,是舟楫

叫得出姓名的,叫不出姓名的,全都是神祇

2017/10/19

巴噶的云

很低,很低,云朵间纤维扯开的声音
藕断丝连的声音,绸缎摩擦的窸窣
神山下,所有的天籁,都是最好的经文
所有独自摩挲白云的时刻,都是觐见和悟道

在巴噶草原,我的耳根,比云朵更软

2017/10/24

"扎西德勒"

对胸口说一声早安，对脚道早安
对门房道早安，对飘过的夜隼道早安
对夜游的牛羊，颔首合十，管它是谁家的
对幽蓝的耳朵道"扎西德勒"，管它是谁的

2017/10/24

西去的乌鸦

乌鞘岭往西，山体的肉风干
继续飞翔的鸟，急急如漏网之鱼
倘不是逃狱，何必找寻腐尸
何必追踪迷路的人，直到粮草断绝之处
跟踪作为技艺，代代相传的是
痛饮酒，熟读离骚之人，绝少死在异乡
唯有那含着口信的，每和大地耳语，便不能自拔

2017/10/25

朝觐在异乡

玛尼石上的衣帽、头发都有眼睛
佛脚印,隐身在四个地方
释迦牟尼和米拉日巴,都打赤脚
环行周长六十公里的巨石,我孤独的头灯
只照亮一个毛孔,整整两天
也没能走出一个脚印,而作为夜行的异客
穷尽半生,还是爬不出一只臭鞋

2017/11/07

过苏通大桥

草船借箭,桑迪亚哥的鱼骨,插满牙签
沙鸥遁入灰霾,水何澹澹呵
这藕灰,兔灰,五十度灰

苏通大桥,侏罗纪爬行类的骨,脊椎动物的骨架
灰蚂蚁爬过高德地图的蔚蓝,水何澹澹啊
这孔雀蓝,普鲁士蓝,这 G20 蓝,APEC 蓝

桥啊桥,你洁白的,整饬的,哺乳类骨,灵长类骨

2018/01/21

在囊廓

安多来的牧人,低垂着头颅
次第相接,抵着前人的后背
安多的母羊,犄角相抵着挤奶
安多的牧人在囊廓
挤奶般低着头,胸前的酥油
也低垂着一份虔诚

"神啊,来自云端的酥油是虔敬的,
安多的心和羊一样高,也和念青唐古拉一样高。"

"神啊,请原谅这世上的风尘,
原谅这回收谎言的人。"
"万能的神祇,也原谅这远道的汉子,
他如今满面尘土,两手空空。"

2018/03/21

林廓的诗人

左边肉铺,右边转经筒,不信神的人
只走冬暖夏凉的一侧,心硬如旧,耳根不软

天珠是假的,乞丐是真的,诗人死在纸上
诗不假,经也不假,诗经也是纸风马

熟睡天街的闲狗,心无大贼,肺无存藏
风吹,草低,怕轮回的人,更怕人间

2018/03/30

顿苏色康

王的脚印,被狗捡回
不愿去冲赛康的人
也不见石狮子
所有肉案阳光普照
而我独处阴影

月亮的脚,在夜里融冰
雪山的舌头,盖住世外的花
我不住木鹿宁巴,也不寻神迹

佛像左边的女子,被酒杯掩面
丢失折勒干布的男子
用马挂壶遮掩腰间

虔诚的人,匍匐于地
远道的浪子,喜登高楼

坏人认定的王位

就在二楼临窗的地方

2018/04/07

措勤以北

措勤以北，草如牛筋
一寸叶，三寸根

瞳孔不见睫毛，阿里的草
只在眺望中，才肯绿

2018/10/06

问 山

问路的人啊,你抬头看,山,在那里

异乡人,不要问风的住址,山就在那里
是啊,脚底生风的人,不问风向
佛脚在此,郭巴仓的脚在此,阿底峡的脚也在此

小沙弥说,胸中有佛,不必车载斗量
莫问须弥山如何收纳芥子,头发、鞋子、衣服都在玛尼堆上
是啊是啊,山在那里,我在这里

2019/01/11

大昭寺广场的狗

安多来的放羊人，理塘来的灵童，所有
变不成白鹤的归人，都将汇入流沙

得道的人，遁身远处，经由经幡耳语
不能得道的，变成转经道上的狗，终日游荡

异乡人不用一钱买的诗篇，也是纸风马
坚信有一种得道，就是终身晒太阳

2019/02/20

寿县记

下车三十五米,有人卖凉茶
风吹残荷,一阵咄咄,一阵窸窣

我有心底的小,手心的汗,脚底的臭
有窗外的八公山,有风声,无鹤唳
中山靖王的豆腐,是最后的坚强和洁白
有些子余香,也算得些担当

那些画墨竹的,爱莲花的,都是扯
李渔说,无味使之入,此乃炖豆腐要旨

2019/03/08

流星雨记

在青岛路，英仙座的泪溢出花洒，许愿的人，夜袭紫金山

倘有一颗火流星，那便是今年的好预兆
照亮南边赶海的人
也照亮北边放羊的贼

照亮失踪的旧爱，赶路的刺客，就像照亮李成的山水，米芾的浮云

这所有的穴位，都一一与我量子纠缠

2019/08/16

棋 布

在帕羊，汁水饱满的星星，胀裂了眼眶
仲巴的夜，让星罗和棋布无效，让星相学失明

没有什么局局新，可以挤占一张空凳子
所有的星星都不识字，也毋庸命名

星空下，巨大的烛泪，埋没了双脚
不期而至的透明，令人心惊，在阿里

星星只是星星，没有橘中秘，也没有梅花谱

2019/09/17

黄鹤楼

1884 年 9 月 22 日夜
骨货作坊的小伙计
用失手的油灯
火烧连营 200 家
捎走了黄鹤楼

七十年过去
宅基地也归了大桥
又二十年
安置蛇山顶上

向西,一望二三里
李白崔颢凭栏处
悬置在黄鹄矶上空
其实,半空这么个坐标
未尝不是文化遗存
旧诗情,也是

今夜,风急天高

杜甫会不会被吹落下来

2020/03/09

石头滚过……

彩云之蓝,鸟径勾勒蓝图
石头滚过天空,磨亮谁家的屋顶
所有的狗,蜷伏于檐下
过路人的鞋子,堆满门口

守夜的人,请给我饼和酒
用七盏明灯,照亮石子和脚背
盐巴不会蒸发,在大地上留住海
让一座山,流出泪腺

改则的醉马草,从不抽穗
酿满天绿蚁,无须多余的糖
朽烂的苹果,醉作不醒的陨石
一条小路,穿刺梗塞的花蕊

那一夜,鸡鸣三省夜雨敲窗
满月流出两腿佛塔的门

推动经筒，晕眩蜜蜂，那一夜
花瓣经由倒带，捡回露珠

2020/11/08

四　瓮间

马·灯

多年前欲济沧海
打铁,打马,焚琴煮鹤
然后别过村屠
遁去乌有之乡

今夕寒云垂下羽翼
我的心绿蚁初浮
灯,慢慢捻亮
这是更夫爽约的时分

这些年我也曾后院养马
掐算花开的时辰
也一点点添加本草
把佳酿变成苦药

而更夫想已迷路
客与我一同躲雨

我必要把灯送他
马也零首付赊他

2016/04/08

不 防

猝不及防的马,冰雹
踏碎落叶的天窗
黄昏的树挂起彩铃
那器官,那甜

秋水的黑唱片里
欧椋鸟倒拔垂杨柳
不防俯首的水仙
拔取稀疏的尾翎

酒桶滚下牙床
在猝不及防的脚背
溅起层层叠叠
猝不及防的晚香玉

2016/12/07

复 照

苍苔安置月色
当肚脐移出星轨
雷声隐隐,一只脚
让香蕉伸出舌头

窗框不敢发芽
拐杖改成了雨伞
词根死于舌根
舌苔签退了牙齿

抛弃辎重
月亮完成了瘦身
一整船便士
填埋了塔希提

2016/12/13

骊 歌

向晚走过花地
在所有美色退行的时候
包括花托，包括花蕊，葡萄
也纠合了酱香的暮色

迷迭香昏迷的部分
接驳大地最虚弱的体位
一匹羸马在风中
融化如凌晨的烛台

拂晓的风色
夹带鼖鼓和笙箫
嫩芽的怕，花苞的疼
沙漏扎紧我的封腰

浮云无忧迟早
春秋也无视渔樵

我烟尘漫漶的心
轻慢了可耻和忧伤

2017/02/03

尾翎

抖开折扇,青绿山水洒金点彩
顾影自怜的鸟,用导火索
点一支雪茄,深渊的风吹散烟花
向迩,借箭的草船无话可说
今夜无眠,所有防火的人,都要坚壁清野
诗客的逃窜,要预设草蛇灰线
要假意喂马,劈柴,编织流苏璎珞
暗暗掐准月食,跳下城头
一声雁鸣,大雪满弓刀

2017/02/15

镜

也无关涟漪，无关季节
偶或的落叶也不曾留下印记
一只蝴蝶，两片翅膀滋生异趣

不只是模仿，不只是争让
无关簟席锦幛，也无关
月亮和便士

姑食性，小姑何曾知
不延长也不缩短
用芦笛画眉，深浅事关入时

遍地鸡毛，都是鸡毛信
突然，纸夺走笔，笔夺走舌头
化妆历久的镜子，带着胭脂，自说自话

2017/03/01

蚕

好时光就是，蚕盖房子，独力承担，渐入禅定
也可能是，喜鹊选好枝杈，搭建鸟巢
这过程中，蚕从不断了机杼，而喜鹊一枝
接一枝，没有脚手架，没有工伤纠纷

按揭中的西西弗斯，一支接一支，弹壳溢出烟灰缸
一直到黄昏，手里的汉字鱼一样四散游走

2017/04/10

柔光镜外

抵近,再抵近
前突部嗅到窗户纸
再抵近,是线装羊皮卷内衬
蠹虫正分批疏散,这时
秒针及时唤醒警铃
你说,要赶回贴窗花

透过醒酒器,我看见
那披满花瓣的豪猪,被
迅速包裹进灯罩

2017/04/17

少 侠

病比人老

弹药也发芽

硝烟透支

靶纸是胎教和

明天的窗纸

杀死一张照片

如壁虎断尾

落日浩大,大不过

半盏儿残酒

迷路的逗号钓起

失群的河豚

如是半生

大造化只不过

不惮最大的恶意

以及所谓的

人枪合一

2017/04/28

Crash Land

午后,涨潮时分,万户海飘着轻纱,鸥鹭不惊
辽远取决于切线,黎明属于桅杆的刻度
不语海,不语冰,不语跑道,最难的事情
就在于起落架放不下来而后舱的人依旧王勃王之涣
就变成哑弹吧,没有尾焰和导航,管它击中谁
七贤的竹林上空,焦尾琴凌空而降,降速伞失效
我的袖管,谁的手,蹼在暗暗速生

2017/05/22

矮

六月的绿，矮于十月的蓝，言语矮于味蕾
牛眼矮于鹅眼，十月矮于十二月
十二月的落叶，铺满弗拉基米尔大道

六月，牙齿松动，雨水在半空蒸发
故乡腾笼换鸟，老祖母离开村口
六月，高压线上无知的水珠，比泪珠更晶莹
就像淮河矮于东沙沟，东沙沟矮于桐柏山
我的心，第一次矮于你们的毛病

2017/06/01

匹 马

传歌者走过的地方，酒桶
变成异乡的鸟巢

匹马踏过集市，驯鹰的人
承揽了远方，圈中肉马道旁儿
唱死了我们的歌，轭下
撒满往昔的鲜花

我听见天堂的歌，滚过颅顶
远方的鼙鼓我们的烟
热辣辣的马尿凌空而下
西风瘦马，在车辙灭失之处
扬起冲天尘头，就像是
心爱的故园烈焰升腾

2017/06/19

半　秋

合当减少一个邂逅
误掉一张入场券
把六便士，投给空罐子
茶垢之上，明月在焉
还当打扫庭除，蓄一匹秋虫
说一说檐下的温度湿度
要酿花酒，剁腊肉，屠老鹅
留下种子粮、种兔和火药
把花儿还给过路的人，把落叶
交给那玩火的，看黄昏
的脸垂下火焰的面纱
当再减少一本宋版
增加一册毛边书
然后抽出书签，凑上炉火
点燃最后半截蜡烛

2017/09/11

夜 盲

闲倚门框的雾诚可原谅
击中雨滴的雨滴,诚可原谅
被截击的目光诚可原谅
车窗里不断告退的树木和河流
尽皆诚可原谅

乱了节奏的更鼓诚可原谅
玻璃幕墙下的夜隼
酒杯里的蜜蜂以及刀口上
索隐钩沉的牛虻
诚可让半个地球原谅

道阻且长,夜盲的鸟
啄食着稀疏的星光
要原谅那些脱靶终老的人

而豆蔻太小，叛徒太老
这秋天叫人沮丧

2017/09/29

白鲦子

庄子和惠子的调情
喜欢拿池鱼说事,那些关于推手
关于安乐忧患的话题
最终要由不识字渔父接手

而作为一尾鱼,应该远庖厨
作为一根刺,最合适的隐居方式
就是找到一条合体的鱼

2017/10/18

立场记

畏考的人,一生常梦见考场
最后十分钟,报时如同追命读秒
中局崩盘,无从收官,无心复盘
这局面多像我们,歹戏拖棚
修炼半生,毁于阿尔法狗
而狗的打谱学习,又毁于左右互搏的
阿尔法元,这足令人死而无憾

而我之独守棋盘,无他,只为喜欢
云子的质地,榧木的纹理

2017/10/20

大雪时节

你来之前,脚印已被埋了一层
去以后,还将再埋一层

过客无涯,每一年都是丰年
每夜的银屏上,戏码依旧,飞蛾起降

穿猩红大氅的,但见白茫茫一片真干净
花枪挑着酒葫芦的,看白茫茫下面
陆谦富安倒卧,一个拿火把,另一个
怀揣嘉定四年本《春秋繁露》

2017/12/06

南山陲

美好的故事，在梦里边儿叩首，这真多余
编织草蛇灰线的人，拉低了帽檐
这情节并不招人喜欢，却又绕不过去
为某个桥段，我曾留下证言证物，而事实上
我从没去过南山，也无关乾清慈宁
所有的落花，都是我自己的

2018/03/07

祭日靡费

忌日昏倒在半路

祭日正好领先半步

被鲜花和香水埋葬的人

被车轮重新碾压一次

乘客们捧着大海和桃花

用纸巾轻轻拭去

泪水、口沫和香汗

旧船票无争议地

乘上了翻新的绿皮车

萨姆沙背上的苹果

也被酿成春酒

无辜的麦子们

被韭菜般收割并磨粉

变成了养生神药

那只醒酒鸭子

在和泰坦尼克对撞中
击碎了三分钟月亮
一个发誓驾驭春水的人
在冰山来临前止步
过分敬业的这个小酒徒
在拉萨孤独地敲门
并把敲下的月光齑粉
寄养在德令哈

祖国，过分辽阔的座椅
卧着草芥大小的诗人
一堆篝火，溢出他的边境
他嗫嚅：我，请，求，熄，灭
而八只高悬的乳房
一齐挤干了烛泪，你的草原
从此，只有一匹蚕马
整夜打理着月光
但铁轨下，却还是有人
捡走了你的蹄铁

2018/03/26

捋须者言

食指中指，推二路卒子挺前，捋须者曰
此乃仙人指路，真的是，仙人最爱驱使小卒

记得《双城记》开篇，有段名言，拾牙慧者甚众
在下也学舌多年，今突觉放之当下，纯系放屁胡说

新入手的虎皮鹦鹉，已登堂入室，旧词汇，新脏口
——得心应手，词典翻新，配方风味不改

老道说，脱下长衫，迎着疯子抡过去
可以裹住屠刀，而他自己挥汗如雨，狂割罂粟

2018/04/18

提灯打马

经年,太阳的蜂群不再刺眼
天高地阔,性与命,不再交关
身心浑一,枯润自在,五日一石,十日一水
在某一处飞白,存丁点儿宿墨

经年,现世泥沙俱下,茶盅偶起风波
也偶或感动于无感无动之间
一柄碧荷,捧一滴欢喜
春雨满院,即是洞天福地

这一年,天空拉低帽檐
指缝沙漏渐宽,且慢问道
不看南山,骑骑驴,打打马
兀自白夜提灯,持戈巡城

2018/05/07

步 步

微波贴紧金色池塘

微步贴近追光

一步步紧凑而贴身

藏针缝，梅花扣

云锦淌出来的山川地势

这世界，疏能走马

唯有你密不透风

夜行人，未免错步

略略一个趔趄

次序有错，丢了劫材

被棋谱追打不休

2018/07/11

于是我闻

四点许，那只螽斯在叫
五点以后，是只知更鸟在叫
六点，一只花豸，也叫了起来
是的，只有一只

至于为何退群，整个清晨
它们一个字也不说

2018/08/01

丘 壑

这所有的挥霍
与丰收无关,江山无关
彩排就是落幕
另一只手上的温差
穴位如雨,绸缎微凉

麦子和水稻
都将在太阳下跪拜
镰刀和野火
从四面八方赶来

今夜,我有一颗米
在刀砍斧凿中
微雕了万水千山

2018/08/27

枯山水

多情的人,是高原上的土拨鼠,离群穴居
与上苍往复,与大地耳语,让过路的风过话

这世上多少勾连,不过是一盘枯山水
多少妙不可言,只能在打谱中,进进退退

而国在山河破,鹊华秋色更经不起推敲
睥睨董其昌的是我,怀揣半卷残山剩水的也是我

2019/01/16

布　景

曲项的天鹅
模仿了梵婀玲
镜面模仿了天空
黄昏的片段

做梦的冶游郎
下载了滞旅的年华
奢谈马镫的人
投壶中大展身手
中鹄无算

自戕的子弹，飞过
右耳，击中穿裤子的云

一条鱼，蹭蹭于

渔歌唱晚，一匹马
被布景套牢

2019/01/28

海　量

海量的人，与海，与量，往往不搭界
千山月明，照不透万千沟壑，招来鹧鸪声声
这世上的无量悲悯，本来无分雌雄
舔雪须在刀刃，煮酒当是黄昏，投宿的人
背负潮湿的远山，让永夜酣醉淋漓

蜡梅是雪酿成的，朔风锻打的香气
吹毛可断，岁月熟化的，终将绕指柔
琥珀含住的水，锁住最后的涟漪
不管雪深雪浅，月圆月缺，你推还是敲
来，或不来，酒都会老在骨头里

2019/02/19

同 道

追月亮的人,山重水复
在追光灯下围殴着旧地图
在蚁山之上排座次
从豹子身上扯下鸡毛

用翎毛较长短的季节
用泪腺计较婉转
会见月亮的亲友团
走私了暗藏的脑白金

我谙熟了你们的流水
还真的听出了水声
在腐熟的表情肌测出酒精
在一个陌生人那里,找到昔日
褪色的试纸,我知道

这鉴定早已失效,但我还是
从一枚指纹,找回了前身

2019/07/25

羞　愧

抹大拉的玛丽亚，是个背叛职业的人
放下石头的，背叛了信仰和快感

而他，用一个吻，卖掉燃灯者
又用一根绳索，背叛了三十块银币

那叛徒和哭叛徒的人，都是太阳底下
干干净净的罪人，白净草原上

老马舔舐着新生的马驹，而我只能
暗带羞惭，躲进无花果树荫

2019/08/01

不　出

读史籍，如读落叶翻飞
风的指甲，划过《无冤录》
画画的皇上，引来胡人的大象
在极简主义瓷器馆，把我的恋人
掳去五国城，而她的妹子
把祖先的领地，变作了客家

冬天到来之前，拧干的秋天
用最后一声干枯的雷电，击穿了
祠堂里的变压器，麻将桌上
先人的排位，轮流和牌

（新闻从尘埃中现身
燃烧的蜂群，被靶纸退回）

眉间尺拉低帽檐：

——"我，七进七出，却从未杀出剧情……"

2019/11/19

上弦月

上弦月时分，涨潮会追赶我，退潮也会
沉船里的元青花，天上的哥窑，摇响了脚铃

从火烧寮，荔枝角，萨尔温江到大马士革
露水将依次熄灭在橄榄树叶
风，一路向西，吹倒后半夜的睫毛

沙岸上，贻贝窝藏鲜嫩的舌尖。东亚细亚
的上弦月时分，我比月亮走得更西

2019/11/25

马远说……

像末日一般逼近自己,南山之竹交给六祖
像邂逅那样自视,抹去拍满里的繁星
石楠,山楂,丁香开着开着,也就忘了初衷
你带我看过的堤岸,也忘却了汛期,洗净了泛滥
满路贝壳落叶般清脆,话语间留下雪花和划痕
种子被松鼠掩埋,被遗忘盛开在远方
我帮你踩下了最后的弹壳,你也扫去了脚印
最后的几何,在腾挪间瞒过了重建弹道的激光
雨后的涟漪干涸已久,没辙,也没鲋
马远说,水有十二种波纹,洗洗脚就好

2020/01/03

老友记

翁仲总是很冬烘的存在，当你我走过神道
楼下停车场，你车小如芥，像搜索麦苗的瓢虫

一春，惊蛰退场，谷雨远去，麦子翻过假寐的地平线
一春，落草《昆虫记》的虫豸，偃伏章节。只有过路的云
采集残留的生化信息，一路掐算起余额

一春，三山外，我双手捧茶的样子，也很冬烘

2020/04/10

疼痛稀缺

以手掩杯,"不胜酒力"的人,打捞过沉钟
风过沙蒿的声音,就像发根轻微的麻

沉醉的生涯还长,你的手温热了冷酒
淡去的醇香,深化了长途的意味
剩有半瓶跫音,残月也跟着晃了晃

离醉酒一站,提前下车,独自踩一踩落叶

河对面就是总站,落花满地,灯火阑珊
你把谜底卷了烟草,船火一明一灭
灯花不剪,单官不收,只歉收一场豪雨

打谱,而后复盘,在虚拟中胜负易手
(秋声,适时插入60秒)
迷宫屏保曲折蜿蜒,密码已经丢失

2020/04/29

降 解

惊蛰以后,雷声开始蛰伏

溯流而上的大马哈鱼
浸泡在车辙里,琴键般的履带
让人想起白衬衫,机械表和管风琴
("流浪人,你若到斯巴……")
乱世的恋人,分手于饥馑
江湖厕身于涸辙

只有落花按部就班。小满不满
坠楼的人,比坠机快
失速的眼睛,追上了那些
溅落的木棉

我说女神没剃腋毛,你说起胸乳
我说"木乃伊棕"来自埃及
"胭脂红"来自寄生虫

你不屑地说：

"老兄，这个德拉克罗瓦早已降解成了德克士……"

2020/06/04

Lord Byron

只有疯狂的国王,不够
加上疯狂的杰克,也不够
马蹄内翻足,跟马无关
跟翻船也无关,世上所有的玫瑰
都是道旁儿,睫毛上的微毒
麻翻道德败坏的人

暴风雨中,端坐着该隐
一苗烛火直线而上
真流浪只在心中,而牢狱
也在那里

每只加菲猫,都胸有猛虎
而大海,也只能埋葬在一场
加勒比飓风里,更何况

"这倾斜的世界

只配跛足而行……"

2020/06/22

观山图

所有的山,都已封禅
山腰都已经增补了腰封
"这栈道,是刚修的全民健身步道"
你指尖下的半圆,绕去山后
那边的霓虹,移民了半山虫鸣

独坐雨点皴已久
长披麻和矾头无处落笔
我给你看"秋山问道",而你
闲聊起"鹊华秋色"
最后,就"传胪"和"传炉"
我们推敲起徐文长

十年前,这里还是野山
流萤好似曳光弹

想到此，我一敲桌子——
"掌柜的，掌灯
再加一扎天山啤酒！"

2020/10/20

牙 慧

古老的橡木桶,次第
滚下曲折的扶梯,路牙上
各沉积层的红,磨损着
脱氧核糖核酸,西风古道
一盘熏马肠,聊慰风尘

炼丹术士没有明天
都市的穴居者,在冲积扇
筛检源头的玉石
掘墓贼说,不怕鬼吹灯
怕只怕鬼点灯

贩卖赝品的人,正飞经
可可托海,一轮薄凉
用滤镜剪下国航的翎毛
牧羊人说:你们说的月亮
去皮抛光,已不是原石

是的，酒桶都是蛀牙
捡拾牙慧的人们，早已
核准甲醇的乳酸乙酯含量
杯底波澜，干卿底事？
我们在岩质行星浪游已久
却热衷于囤积鸟粪

2020/11/04

华　年

春来，我们照例唱一唱九月
切开一个黄昏，黎明就此死机
一个草原，在车祸中又倾斜一次
过一次天葬台，扔一件衣服
提醒我们每年，要缅怀一次羔羊
辱没了生的人，敬畏着死
手捧红酒的，提炼了泪水的盐

我其实不爱草原，也无所谓
大海，桃花，但春天会引发宿疾
你说，百年孤独，其实就是本旧约
而我们会一页一页死去
书很厚实，清风时常乱翻

2021/03/26

五　履屐间

临 岐

确实,下路是草率的
但上路也不由自主
鸟被南风阻截在沼泽
这是谁的国境线,在夜里
我们自己荷戟巡城

这是落在衬页的暴风雪
我们隆重地回顾往事
红轮滚滚,青衫飘曳
岁月啤酒花,一层层
没过谢顶的圣殿

当舞曲再次盘旋,穹顶
飞起阵阵寒鸦,我们梳理
朝圣路上的金羊毛
这时节寒蝉凄切,大地
两手空空哑口无言

换乘的时候,我们
敲响旧铁轨,在边界
谁也不再等候,我们歌唱了
生命,也歌唱了死亡
我们甚至挖出了冬蛰的虫豸
矫正了白内障的日晷

       2016/07/06

月光下的母狗

晚新闻时分
江湖波光潋滟
失去幼崽的母狗
抽搐如发烧的城邦

雨水统一南北
高温蒸发了天堂，今夜
候车室老母幼雏哑默
勋章被舌尖擦亮

今夜，大黄和茶叶
拯救红毛英吉利
今夜，倾南海之水
爆炒哈兰·山德士

今夜，橱窗碎了一地
空座位上刺客采薇

今夜失血的天空
垂下水晶珠链

今夜,赌桌下的母狗
悲伤广袤,毛色斑驳
而月亮照常升起,照亮
空荡荡的泪腺和乳头

2016/08/07

风铃·佩塔奇

风,要追逐到科摩湖畔
这冶艳的风铃,才能摇响

佩塔奇,萨福的琴弦之间
足够让大海侧身,你过不去

海已踩到了你的裙边
你欠着云的赤霞珠啊佩塔奇

似也不必你鼓瑟,我击缶
只要脊骨的竖笛吹响
风铃便会起舞,佩塔奇

死去的人虽会再来,但风铃
当然也会重新响起

佩塔奇，不管是洛雷托广场
还是别的广场，佩塔奇

2016/11/01

鱼肚白

　　我愿意每一次相信鱼肚白和鱼的瓜葛，相信每一个星夜终将上钩

　　相信这个世界所有的誓言终将逆流而上，迎向浣熊，向源头，向餐盘

　　把所有的孑遗兑现成遨游沧海，我愿意相信所有鱼肚白和我的瓜葛，相信

　　这沧海托举起来的飞沫，相信渔父和屈大夫，相信夜晚是一方磨刀石

　　相信它流下的乳白和乳白中渐露端倪的白刃，甚至，在庖厨，在餐盘，在

　　每一个带着血丝的鱼肚白。在返场的黑暗和细雨之中，我依然相信

　　白刃也是鱼肚白，相信鱼刀一体，相信关于鱼肠剑的一字一句

2016/11/28

醉意的黄昏

在布列塔尼,在阿尔,我看见你
失火,爆裂,口吐鸢尾花
骑扫帚的人,把挽歌唱成进行曲
你是人类的麻黄碱,你是盐

机场悬停在飞机头顶
有没有谁,挂弹巡航,飞出了识别区
爱人,转角处没有我,坟场
也被雨前的蜻蜓团团围住

我向你致敬,三色旗的一角
我凭着艾吕雅的话起誓
即便是一个俯冲
也必须满载荷,还要加足航油

2017/06/14

指 纹

在树叶里,一枚指纹
肯定在树叶里
透过阳光或者月光
它就变成滴眼液

一枚指纹,直接
奔赴嘴角
把遥远的大海
送给麻木已久的味蕾

一场暴风雨,树叶翻起惨白的脊背

指纹,夯进树叶的指纹
每一个人的指纹
埋进空气,埋进血
被一个不退场的秋天
锁定在沟渠

即便如此,也要伸出食指
在失血的高墙上,叶叶心心
写下萧萧秋声赋

2017/06/23

面　北

没有暴风雨，漫天漫地
都是战栗的汗毛
没有动地浩歌，楚地的歌
只在边界唱起
没有达达的马蹄，春天的小径
被汤姆的眼球塞进门缝
罗本岛的蚁穴高过北极
温妮的皮肤，比今夜明媚

这个夏天，五行山下
一只长着黑手的蚂蚁，油尽灯残
没有安提戈涅，也没有聂荌
韩市上，鸟兽夹紧别人的裘皮

2017/06/28

耳 朵

说话之间，那十二个门徒里的犹大来了
并有许多人带着刀棒
从祭司长和民间的长老那里与他同来
那卖耶稣的给了他们一个暗号，说
我与谁亲嘴，谁就是他。你们可以拿住他
犹大随即到耶稣跟前，说
请拉比安，就与他亲嘴
耶稣对他说，朋友，你来要做的事，就做吧
于是那些人上前，下手拿住耶稣
有跟随耶稣的一个人伸手拔出刀来
将大祭司的仆人砍了一刀，削掉了他一个耳朵

一千年后，左手要捉拿右手
于是凡·高砍下了一只耳朵
当下，高更离开他，逃走了
像该隐一样越逃越远，到了塔希提

2017/07/20

彼得三次不认主

彼得在外面院子里坐着
有一个使女前来,说:
你素来也是同那加利利人耶稣一伙的
彼得在众人面前却不承认,说:
我不知道你说的是什么!
既出去,到了门口
又有一个使女看见他,就对那里的人说:
这个人也是同拿撒勒人耶稣一伙的
彼得又不承认,并且起誓说:
我不认得那个人
过了不多的时候,旁边站着的人前来,对彼得说:
你真是他们一党的,你的口音把你露出来了
彼得就发咒起誓地说:
我不认得那个人
立时,鸡就叫了
彼得想起耶稣所说的话
鸡叫以先,你要三次不认我

他就出去痛哭

养鸡场的鸡，离开蛋壳
五十天就要分割冷冻上桌
这之间，40W 的太阳下
埋头进食，不舍昼夜
鸡不知司晨，人也不会哭
只有彼得和你和我
不认，不认，永不承认

2017/07/20

血　田

这时候，卖耶稣的犹大
看见耶稣已经定了罪，就后悔
把那三十块钱拿回来给祭司长和长老，说：
我卖了无辜之人的血是有罪了
他们说，那与我们有什么相干？你自己承当吧！
犹大就把那银钱丢在殿里，出去吊死了
祭司长拾起银钱来，说：
这是血价，不可放在库里
他们商议，就用那银钱买了窑户的一块田
为要埋葬外乡人
所以那块田直到今日还叫作"血田"

没有田，邦国的外乡人
是不是该有个地方，叫作血海？

2017/07/20

索多玛

我曾经用杜松子酒洗手
用圣体擦靴子,并和你们讨论
盥洗间的装修问题

相爱过的人,从邻家的庭院
抛过来天气预报
——天要下雨,快收被子

海水遁向远处
牺牲们夺路而逃
祭台上的狗,叼着蹄铁

假如此地缺盐,你说,走吧
让我独自回望一眼

2017/08/01

8月7日,立秋

火见而清风戒寒是也,寒蝉,其声变之矣
茫茫而白者,尚未凝珠,故曰白露降,示秋金之白色也
白得就像绷带,像低着头的云
一盏声音跑过去,趟过没膝的芨芨草

这一天开过的会议上,"三层楼上的小姐"
如同使狗耕田,捉住了老鸦在树上做窝,充了领头之羊
一艘白轮船,牵引着冰山锵锵前行,他款款曰
中国的豆腐是很好吃的东西,世界第一
这个常州人,冰雪聪明,到底,被吃了豆腐

要下雨啦,无论你看见了海燕们还是
看见了龙的苍蝇,看官,守好自个儿的豆腐吧

2017/08/07

0.4 平方公里

沈厅到西斯廷教堂，8000 公里
局部重合了胡焕庸划拉的那条线
从张季鹰到方济各
所谓天下，何及吴中莼鲈
0.4 平方公里，足当得一个邦国
颠覆于燕子翅下，兴亡存废，不过一蓑烟雨
一支滑膛枪，可射穿百合花和五针松
而 100 年，射不穿一座迷楼
你看，兴登堡号，滞留空中已久
辜负了重力加速度原理，其实

不过弹丸之地，换上一换也是无妨
哪一只鞋底，不踏着一个朝代

2017/10/12

嵌套结构

我复习了一股红树林的悲风,万花筒里的犬齿,叼着黄金
还复习了关于嵌套函数的各种复式结构

就像博尔赫斯先生,在黎明前玩弄中国盒子

在他的指缝,暗红色的海水蜿蜒流下
东方的僭主用一个俄罗斯洋葱头,续写无穷函数和
无界函数的博弈

他说,从明天起,坐标轴必须荡漾成为春波一缕

红树林的墓园将成为后院,而大黄鸭均将搁浅
口香糖,也将带着牙和牙套,准确沉入
北纬41度43分38.01秒,西经49度56分54.23秒

2017/10/23

春夏之交

旌旗祭扫于彼岸,大地属于未亡人
葬花词纯属反诗,让新一季哑谜轰鸣
亲爱的人,把酒酹江月,花朵的鞭炮,一声声
敲打铁皮鼓:"流浪人啊,你若到斯巴……"
新上市的向日葵,注定命犯桃花
这一年,堰塞湖依旧百舸争流,碧波万顷
方队铿锵,糅合着蜜蜂的和声

(多出色的炮队啊……柔和而近于优雅的管风琴声)

所有这些,都属于城邦,甩我八条街

2018/05/29

鸟

白毛风,把纸鸢吹落在红朝的肚脐眼上,那瞳仁
猩红,已然彻夜不眠,一块红布,想起了漠北的原乡

"看什么鸟看,看什么鸟看"李逵很忙,今夜
蒙古的绵羊,由一头山羊领着,自己把肉背进了东来顺

一棵是枣树,另一棵也是枣树,树上的鸟儿说,没鸟所谓

2019/02/19

维纳斯

严力说,"她被推下水去
压倒一片成熟的水草"
断裂的肢体,在水体中
轻飘飘腾起又落下
涟漪如网,越织越稠
裘皮般消除了静电

他说,"我忆起了她
我曾强行挣脱过她的拥抱"
(我没有,我已经)
"她留在我脖子上的那条断臂
今世依然无法接上"
这枷锁在轭下,定格了
视网膜掠过的鞭影

事实上,她的一双断臂

三十年后，仍举着冻僵的火
在深深深深的海底

2019/06/08

远 方

一个词藏在外来物种
单薄的豆荚里面
幼儿歌声里的沥青和烟草
就是这个城市的远方

在一场小雨里,寻找那一只
陷落的鞋,那一只不再合脚的鞋
领回来的尺码,领回来的节拍器
土著们等待着哥伦布
螺壳等待着耳朵

海已经淹死在茶杯
姑息确实是一把剑
锚地的泥土被航线拔起
烟拉到了烟囱,这是
冲决环岛的时刻

用单眼皮眷顾自己
用遮光罩观照九级浪
没有天涯,也没有什么海棠
四目之间就是远方的远方

2019/06/01

七月物语

一日,阿塔卡马沙漠被太阳拉黑
癫痫拆解着川南盆地的肋骨
一日,血月亮爬过黄道光
在超低空被流星雨射成蜂窝
一日,星星吹拂着红飘带
羊皮卷被简体字折断了声带

"无花果树被大风摇动
落下未熟的果子"

2019/07/04

失火的夏天

暴风雨被切片活检,红蚂蚁
在盐碱地的琥珀里操练
奔逃的亚伯,被一百万该隐
追杀成家族的叛徒
他们最美好的夜晚铺满水晶
漫天的星星,都是摘下的
项链、戒指、金牙和小金锁

裁剪成冬青的螺母,镶嵌着
蓄藏百年的旧螺栓
他们抢购着鲜花和乳酪,朗诵着
面朝大海,然后把那一方海
钉死在哭墙上

耳坠一样的现代汉语
是无处不在的风铃,这不是厌胜
也不是抛进大海的污血

大地把一切看在眼里

该隐也走完了颠覆的全流程

一面旗,点燃了所多玛

2019/08/08

年

年是兽,庭燎之光迎之
有痈疽艳若桃李,六神不神
上九曰,亢龙有悔,川陕泥石成流
千古一蒂,神瓜补中益气
南猪北养东邪西毒,泻火解毒汤可解

高俅说,玩一切如玩一球耳
曾今可说,你家事算个毯,斗斗地主
清风朗月不用一钱买
宝照淘,舞照跳,探戈进进退退
二马一骑不绝尘,诗曰:

苏东滑坡时,我有苏东坡……

2019/09/25

汉娜·阿伦特的雪花

这个世界,依旧每天都在下雪
雪崩要么在途,要么在怀孕

迪特尔外公的脑袋,像一朵巨大的蒲公英
那只假左手带着黑手套,左臂略略前伸
貌似时时准备握手,也好像要随时平举致礼

他曾带着苏珊娜去奥斯维辛,对那里
他熟门熟路,还轻易给女儿指出导游的错处
说起死亡,他流畅如同背书,人淡如水

"妈妈,你知道一家叫科莱格的人吗?"
外孙问道,"不知道,从没听说过。"

"此处曾居住有玛塔·科莱格,2岁;
安娜·科莱格,6岁;弗莱迪·科莱格,12岁;
哈里·科莱格,42岁和苏珊娜·科莱格,38岁。"

1941年11月10日遭逮捕，1941年11月12日驱逐出境。
孩子和母亲正式死亡时间，1944年1月14日。
父亲被正式宣布失踪，死亡地点，奥斯维辛。"

外孙继续读着一份旧档案——
"1941年，科莱格一家被从这里带走，
1944年，他们死于奥斯维辛。
他们被带走后的第二天，
你亲爱的父亲就同你亲爱的母亲乔迁此处。"
"就是这里，我们家！"迪特尔指着脚下

（雪花在坐垫下飘落，带着金属的锐利）

那个不打人，不骂人，温情的外公就此死了
在轮椅上，他依旧自说自话，大意是：
——"多么洁白的雪花啊，随风飞舞
苏珊娜，它们纯洁无瑕，无法自控……"

2019/10/16

我和你

我们一起聆听滚石下山
这时候，盐碱地荒凉的明月
开始清点水渍中那些散金碎银

你说，"胡先生不喜欢砍桂树的
他每天伸出食指中指，推一步卒"
（推石头的人，腿毛陪着腓肠肌颤抖
我把你的节拍，再循环给你）

今夜，让我们点燃苦艾一杯
当近旁环伺着莹绿的眼睛

2019/11/05

蓝与硫黄

让我们回忆吧,红花羊蹄甲
回忆浅水湾一束红山茶,海涛闲话里
白云是蓝的,浪花也是蓝的
嘴唇也是蓝色的

(一场雨,下了半年,红衫鱼在飞翔)

593 年,额我略一世说,此处应有硫黄
1095 年,乌耳班二世说,你可用死越过硫黄

在此之前,只有让硫黄宣示,让硫黄的海
承包所有的雨水,让硫黄的舌头
过滤所有蔚蓝的爱情

让我们一起回忆吧,黑色大丽花

2019/11/20

去到孤独的地方……

鸡叫三遍,谁也不认
鬼头刀斩下了五更天的生物钟
果核之夜,偃伏哑默的果仁
果皮上星座般的雀斑
从大脑沟回撤出投影

去到孤独的地方,孤独碾磨成盐
追随尿迹的牛,已绷成鼗鼓

我皲裂的唇,记载着你的口吃
故乡的异乡人,厕身横木之下
圣地的尺蠖,不丈量世间的曲直
七颗星,照耀着草原的迷羊

歧路之人不再哭泣,在午夜
从狼毒草的汁液,登录他者的眼泪
此时篝火半灭,此时相互割席

去到孤独的地方，当百花坚壁清野
去那孤独的地方，从弃地，到弃地的弃地

2019/11/25

蜣螂的月亮

蜣螂不迷路,即便只有月光
即便只有银河
蜣螂运输着他的货物。我们
也有自己的货,只不过

你说,花非花,月非月,其实
月亮河,也只在不涉水的时候存在
贤哲们的话,或许不过就是说
存在抑或虚无,在于愿意,也在于不愿意
至于理由,脚底不知,腿毛也不知
海森堡认定,一测量就乱,就像你所谓
一说就错,这款道理无懈可击,我们
破解了月光的配方和方程式,用固体燃料
发射了嫦娥,但你我的粪球至今
仍旧只在原地打转。除非,当我们

放下罗盘和堪舆，放下鲜切花，变成
推着粪球和月亮的蜣螂

2019/12/04

《法哲学原理》的位置信息

上午 8 点
牧夫座大角星之下
东经 119° 9′ 54.5436″
没有意义
北纬 34° 35′ 21.1812″
没有意义
加起来,也没有意义
公元 2019 年 12 月 30 日
也没有意义
此时此地叠加起来
同样,没意义

键盘之下,星球表面
往北 935 公里,是北京
北京至东京 2400 公里
至莫斯科 5843 公里
至巴黎 8209 公里

至平壤 809 公里

最远,华盛顿 11137 公里
其实也没有意义
加上一个时间维度——
1799 年 2 月 7 日
乾隆卒于养心殿
1799 年 12 月 14 日
乔治·华盛顿感冒发烧去世
这画面就拥有了
具备温度的触摸质感
1821 年,黑格尔说,有时候
有历史等于没历史

此时此刻,北方
冷高压升级,1055 百帕
气温 $-4 \sim -12$ 摄氏度
阵风 $6 \sim 7$ 级
一本出版小 200 年的书
竖起了汗毛

2019/12/30

凶年之春

灾变过后,要珍惜日落,珍惜老马,珍惜昏鸦
就像珍惜死灰,珍惜复燃,珍惜楼头月

不说更多的话,做更多的标本
珍惜那些误车的人,迷失的羊,发黄的票根
灾变过后,要抚摸卸妆的天空
留下肥皂泡破灭的瞬间
让它的微粒携带七彩再次打湿车窗的虹膜

要珍惜一场熄灭,一个黑夜都熄灭的时刻
让梅花印点染被遗忘的雪景寒林
珍惜不再携带行李的远行人
让被捕的蝴蝶,释放被捕的天空

要珍惜冲积扇上漫漶的眼影和胭脂
珍惜大地的妊娠纹,珍惜它粗糙的乳房

2020/02/18

狩猎地图

上游正扬帆,下端的句号
已从瀑布滚下,溅起飞沫与虹霓

孤鹤起飞的地方,白练横江
空中飘洒而下的牙齿
重新布局了分洪与围堰

硝烟从本方战壕先起
大气环流不是翻云覆雨手
白发宫女和焚坑旧事
重新摘除了白翳

细雨骑驴,诗人每临窄门
杏花村外鹧鸪声声,每一位缇骑
都提着双"红绣鞋"

2020/02/28

诸世纪

夜里,屎壳郎,用星光导航,翻山越岭
夜里,康德的斗室,星光缀满穹顶

佛罗伦萨,三男七女,用十天讲一百个故事
江城,一个老妇人用手账招来成群的乌鸦
逐日留下灰白的粪点

1942年的严冬,阿姆斯特丹的鼠穴里
少女安妮,用日记烤火

2020/03/03

叫

早年,只需一座楼
就满足了所有长江想象
凭借想象的衍生品
我们自忖着蜉蝣的运命

寒潮到来之前
冰雹提前打碎北窗
雪盲的人,注定夜盲
漏夜奔突的野猪
扩展了喂食口的想象

续油时分,难免鬼吹灯
你看见了我,我们也看见了你
盆地扩音,放大着虫豸的爬行

一百个仓颉喊声寂寂
夜篝火,狐不鸣,鬼不哭

高于卑微一寸,有伟大的悲
冬天,一只蟋蟀的夜鸣
全世界都听见了

2020/03/16

酒局牌局

起初,我们看你丢了马镫,然后
你去掉了蹄铁,混杂所有的肉
分不清牛马和两脚羊

我复习了棍棒的历史,看它怎么
被你捆起来,插上一把斧子
看带着辔头的浪,退下钱塘口
看雾霾里又拱出一轮血月
单刀好使,左手难藏
六和塔里的刀客,没有往事

雾月,雾霾月,十之八九
旧车辙里的鲫鱼重逢旧轮胎
同时破碎的,是挂满
国家专卖盐硝的那时明月

青衫党老去,旧牌局复盘

在一个游戏里死两回
在歹戏拖棚的黄昏被打对折
古人脚汗气,终于不敌血手印
五花马,千金裘不敷用
终南山终于阑珊

江山不复如画,我用蒸馏法
拔高了北宋老酒的度数

2020/04/28

五月,巴别塔

一千种鸟蛋,堆砌起一千种飞翔
电子测距可以精确到纳米,还不够

测不准原理和量子纠缠
都是一种脉象
对于风里的眼角眉梢,这还不够
泪滴在中途风干,飞沫止步八米开外
这春天比严冬更沉重
这时候可以讨论苹果的功罪,但我相信
在苹果的身后,还隐藏着
星相和骨相、月球和潮汐,以及
末法时代纯洁的文盲

过路的风信子
我已经忘记了你的颜色,我也
已记不得那些漂鸟、驻鸟和候鸟的名字
谁是雪雁

谁是鹧鸪

谁是子规

还有,谁是沙鸥

或信天翁,而鸟蛋累积的

摇晃的巴别塔,本意当是构建一款

世上最完美的废墟,并以此

最终逼近永恒

而在此之前,作为混迹鸟蛋的卵石,夜夜

战栗于势如累卵的醉意

2020/05/18

天上人间

土星冲月,半焦耳也不用
仰望个星空,有时候
也很扯淡,赌石头
关键点在于拿下,还是
开一刀,也不好说

(何况,一刀够吗?)

魅力多出自猜疑
无奈源自煞尾的回甘
悬河的临界点
取决于坚守的能力还是
弃守的魄力?

领誓的人边洗脚,边
吐出三个烟圈
望着月球对我说:朋友

作为清点沙袋的人
我也需要分洪

2020/07/28

白　露

今夜，露了也白露
这里是齐国，鲁国，藤花落
这也是罗刹国和契丹
今夜可以在一杯酒里，追随到疏勒
也可以渔村不系舟，梦游草料场

一本黄历，夹死秋天的蚊王，一滴血
从春夏之交，洇染到夏秋之交
一只苹果，将爱情腐烂在甲虫脊背
一万只蜗牛，将祖国搬迁到阿姆斯特丹的河上
而我的勘误表，用潮湿的纸船
横渡着斯德哥尔摩的约塔河

我手掌上的叶脉，飘落在所有城市
远方的落叶也将埋葬我的双脚
无论是茂陵秋风，还是红墙边的白桦
我来复线般的声带，拒绝了某个词

它指甲般小，主义般大

该来的，没来的都已折戟

千江有水，千江鲫鱼南渡北归

露依旧是今夜白

月亮你随意

2020/09/08

蜜

喂糖浆的胖蜜蜂
就不用去可可托海了
季节已被淘汰
再也不需要转场

关于雪,关于白毛风
老皇历上的事
被手指划出液晶
等到花儿都谢了,你说
谢与不谢,又如何?

子夜,五更寒
谁也别吃对方的瓜
苍蝇不是候鸟
蜜蜂也不是。齐桓公
赵雍、杨芷也都不盘手串

最后一天，萧衍、老佛爷
想吃一口蜂蜜

2020/11/20

簧 片

"像只青蛙"她说,"把自己的名字
朗诵给粉丝的泥淖。"
蔷薇有权拒绝成为玫瑰,在断壁上吹风
蟊斯也有权沉默着,被野火烤熟
手伸进鼓膜的人,猥亵了簧片
通过与剧本无缝衔接,与自己顺利媾和
颁奖的法庭,灯火依旧璀璨
流浪犬,叼走了谁的毡帽

一卡车砾石闪着光滚下,紧接着
一面山坡的砾石喧嚣而下
镁光灯并拢了十指,瞄准镜
锁定了只会耳语的女子,她说
"轻一点,轻一点,让我回到耳窿里。"

暗红的巨幕里,汽灯如沸
子弹一样的虫豸,射出了几何函数

艾米丽的眼影纯属天然,她说——

"我出租良久,为光污染推进了边界
谁要手套?谁有洗手液?"

2020/12/16

钢琴诗人

我有一本书,是你爹写的,还有你妈写的
揍过你的人是你的爹,道歉的也是你爹
写信的是你爹,也是我的爹,他的爹,他们的爹

李奥纳特·苏士侃说,世界不过是弦,于是
你沿着弦逃跑了,但世界也是个弓

于是,你爬满蜗牛的后土,最终追上了你

2020/12/29

跨 越

巴甫列克·莫洛佐夫
胳膊下夹着
一束坦尼克玫瑰
五指并拢
举过了头顶

她，被日记的反光
透视出毛细血管
心房，心室，瓣膜
就像是风雨中
颤抖的花

我爱你
安妮·弗兰克说
而且我爱
你那纤细的

脖子上系着的

红领带

2021/03/02

四月,四月

火焰熄灭。所有的火,恍如隔岸。

向日葵死而复生,虽生犹死,蜣螂用星光导航
四月,吞铁球,吃宝剑的四月
花轿和鞭炮,包裹起点射和扫射

肉裹住了铁,血液漂洗了手汗
三十枚银币,三十枚钉子,三十个春
一句面朝大海,骗了无涯过客

这是四月,招魂的人,被叫魂
燃起野火的人,在纸钱中压低了嗓音
四月,敲锣的人夜行,打鼓的人滚下山巅
四月,相爱的人们叫错了名字
世仇们盗窃了太牢

与谢野晶子说,"胭脂用尽时,桃花就开了"
不一定。用尽红葡萄酒,也不一定。

2021/04/05

白夜，于是白夜……

水晶草率地支撑起一个白夜，汉娜
隔着半个地球，同样的雪
变成了侏罗纪的纸屑
拔除了禁行标志的隧道口
一个夜，一个永夜，正在紧张地布置
你的玫瑰凋谢在荆棘丛中

我们会车的时候，两个历史折叠
（汽笛被车窗瞬间撕裂）
一九三三年嚣张的春天，一九四〇年
炙烤的夏，都将在大洋此岸
焊接成为同一个轮毂
而今夜，你的鼙鼓，无人起舞

克里斯托和珍妮捆扎国会大厦的时候
世界的另一侧，另一种捆绑
让一句古老谶语的黑天鹅展翅而飞

第一次，铁靴踩烂了风信子
这一次，旧世界的酸雨朽烂了大理石
一个幽灵，蝙蝠一样的幽灵，播种着黄昏
今夜，没有汉娜，没有耶路撒冷

当名录刻上黑石头，春潮将淘洗骨骸
整整一个世代，都不再有舍利子
汉娜不是西蒙娜
我们只有今夜，近视镜片的万花筒里
一边是天堂的花玻璃，一边是盛世水晶
而皮靴上的聚焦，升起了青烟

2021/04/20

背锦囊，骑巨驴

酒旗只合在雨中
一千二百年前的酒当是更妖艳
马凡综合征的诗人
注定来也匆匆去也匆匆
别人的幽灵是一缕烟
而你注定是很酽
很酽的陈酿
一旦取下封印
必氤氲成云雷电隐隐

鹑衣百结
乃是别样的鲜衣怒马
一头倔驴饮干酒壶里的天空
长安道进进出出
各种想不开
不合时宜的人，需有个大肚皮
可惜长安只是长安

没有苦艾酒，没有街垒
李家的事
端的比赵家更难办
作蛇，作龙，又如何？

牛鬼蛇神太甚，又何妨
鬼，也得是个诗鬼
作为一朵恶之花
穿越太多，还搞错了降落地
颓加荡，死得早
不一样的焰火，留下
不一样的宿醉，千年不醒
其实，少帝啊唐姬啊，干卿底事？
美人梳头，何尝不是伟业
算起来，别人家所有的王土

也顶不过佳人一朵胎记

2021/04/21